Texte de Marie-Danielle Croteau

Illustrations de Sophie Casson

L'autobus colère

la courte échelle

Les éditions de la courte échelle inc.

Les éditions de la courte échelle inc.
5243, boul. Saint-Laurent
Montréal (Québec) H2T 1S4

Directrice de collection :
Annie Langlois

Conception graphique :
Elastik

Révision :
Lise Duquette

Dépôt légal, 2e trimestre 2003
Bibliothèque nationale du Québec

La courte échelle reconnaît l'aide financière du gouvernement du Canada
par l'entremise du Programme d'aide au développement de l'industrie
de l'édition pour ses activités d'édition. La courte échelle est aussi inscrite
au programme de subvention globale du Conseil des Arts du Canada et reçoit
l'appui du gouvernement du Québec par l'intermédiaire de la SODEC.

La courte échelle bénéficie également du Programme de crédit d'impôt
pour l'édition de livres – Gestion SODEC – du gouvernement du Québec.

Données de catalogage avant publication (Canada)

Croteau, Marie-Danielle

     L'autobus colère

     ISBN 2-89021-627-6 (br.)
     ISBN 2-89021-628-4 (rel.)

     I. Casson, Sophie. II. Titre.

PS8555.R618A97 2003   jC843'.54   C2003-940257-6
PS9555.R618A97 2003
PZ23.C76Au 2003

Imprimé à Hong Kong

Jérémie ne veut pas aller à l'école. Sa maman lui a dit qu'il
devrait prendre l'autobus colère et cela lui fait très peur. Il le
connaît, cet autobus. Quand les enfants de son quartier rentrent
de l'école, ils en sortent en hurlant et courent jusqu'à leur
maison. Si l'école était aussi amusante que sa maman le prétend,
pourquoi les enfants seraient-ils contents de ne pas y aller?
Pourquoi seraient-ils pressés de quitter l'autobus s'il n'est pas
dangereux? Non, vraiment, Jérémie ne veut pas aller à l'école.

Sa grand-mère lui a raconté que,
le premier jour, les enfants sont tirés
à quatre épingles. Jérémie n'a rien
répondu. Il s'est contenté de frissonner
d'horreur. Il se voyait, la tête percée
de partout, et les idées qui coulaient
par les trous.

Le soir, Jérémie a annoncé à sa mère qu'il n'irait jamais à l'école.

— Et pourquoi, mon chéri ?

Jérémie a inventé une histoire pour ne pas révéler ses frayeurs, parce que son papa lui répète sans arrêt qu'un grand garçon n'a peur de rien.

— Je ne saurai pas quoi faire si l'institutrice m'interroge et que je ne connais pas la réponse, a-t-il dit à sa mère.

— Eh bien ! a répliqué sa maman. Tu donneras ta langue au chat !

Jérémie est devenu blanc comme un drap.

— Qu'est-ce qu'il y a, mon petit lapin ? Tu ne te sens pas bien ?

— Je n'y arriverai pas, moi ! a pleurniché Jérémie qui ne voulait donner sa langue ni au chat, ni au chien, ni à personne.

— Le premier jour d'école est un peu difficile, a reconnu sa mère. Il faut briser la glace, mais bon... tout le monde le fait.

À l'aréna, Jérémie passe plus de temps sur son derrière et ses genoux que sur ses patins. Que fera-t-il quand il devra briser la glace s'il n'est même pas capable de s'y tenir debout ?

— Il suffit de prendre le taureau par les cornes et de foncer, mon petit chou. Tu n'as pas peur, hein? Tu es un grand garçon, maintenant!

— Ce n'est pas ça... a bredouillé Jérémie qui venait de passer du blanc au vert.

Un taureau, c'est énorme. Comment le prendre par les cornes? Il lui faudrait d'abord grimper sur un escabeau. Déjà, là, il risquait de se casser le cou. Et ensuite, la corrida. Il en avait vu une, à la télé. Ce n'était vraiment pas son sport préféré!

La maman de Jérémie ne comprend pas pourquoi son petit garçon est si inquiet d'aller à l'école. Il aborde le sujet presque chaque soir avant de se coucher, maintenant que la rentrée approche.

— Tu es intelligent, le rassure-t-elle. Tu tireras bien ton épingle du jeu, va! Allez hop! Au lit!

Quand elle est sortie, Jérémie se lève et fouille sa chambre.
Il cherche dans quel jeu se cache l'épingle qui le sauvera.
Mais il ne trouve pas.

Avec tout ça, la maman de Jérémie a oublié d'embrasser son petit garçon. Elle revient et le trouve les yeux grands ouverts, en train de fixer le plafond. Elle lui demande ce qui ne va pas et, encore une fois, Jérémie lui parle de l'école.

— Dors sur tes deux oreilles, dit-elle en déposant un bisou joyeux sur son front. Tu n'as pas à t'inquiéter. Moi, je suis sûre d'une chose : tu es un champion !

Alors il se recouche et essaie de dormir sur ses deux oreilles. Il se tourne, se retourne et, finalement, il tombe d'épuisement sans avoir réussi. Ses couvertures ressemblent à un tas de spaghettis.

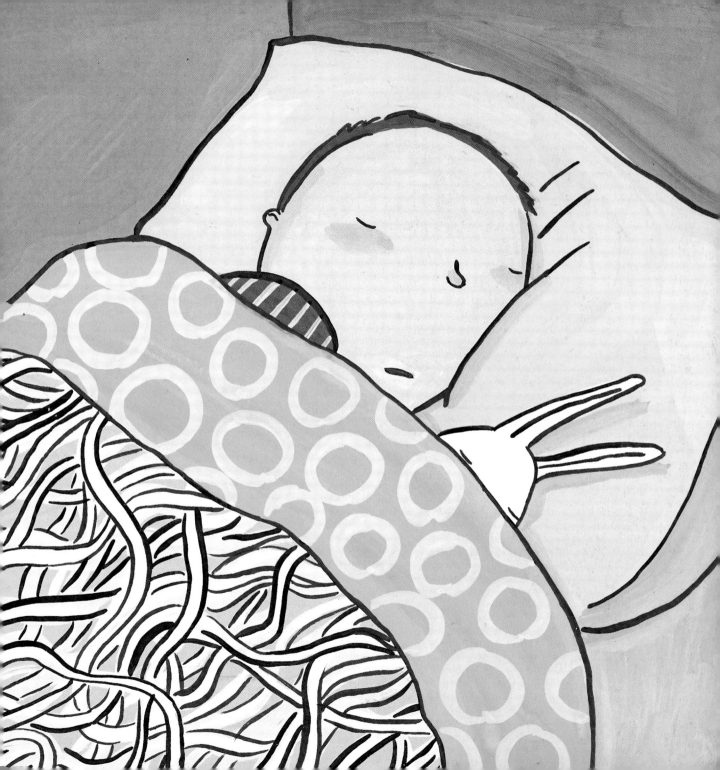

Le grand jour est arrivé et Jérémie piétine dans l'entrée.
Que faire pour éviter l'autobus colère?

— Si on prenait un taxi, maman?

— Tu n'y penses pas! s'exclame-t-elle. D'ici à l'école,
ça coûterait les yeux de la tête!

Instantanément, Jérémie imagine sa mère en train de
s'arracher les yeux pour payer la course.

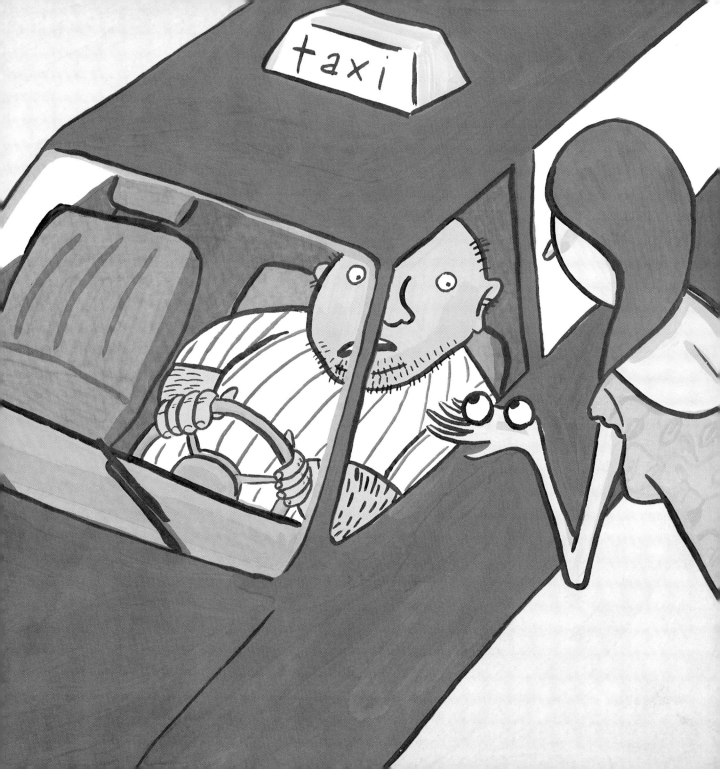

N'en pouvant plus de toutes ces visions d'horreur,
il s'écroule et il pleure. Jérémie pleure autant,
quand il pleure, qu'il a peur quand il a peur. Il pleure
tellement que deux petits ruisseaux coulent sur
ses joues et tombent sur le plancher. Bientôt, Jérémie
est entouré d'eau. On dirait qu'il est une île. Une île
lointaine, au milieu de l'océan.

Sa maman est découragée. Elle a tout essayé pour le calmer, rien à faire. Jérémie est inconsolable. Si au moins sa maman savait ce qui provoque un tel chagrin ! Mais Jérémie ne dit rien. Il a peur de dire qu'il a peur, c'est pourquoi il ne dit jamais rien. Alors sa maman le prend par la main et l'oblige à se relever. La douceur n'a pas fonctionné, elle essaie la fermeté.

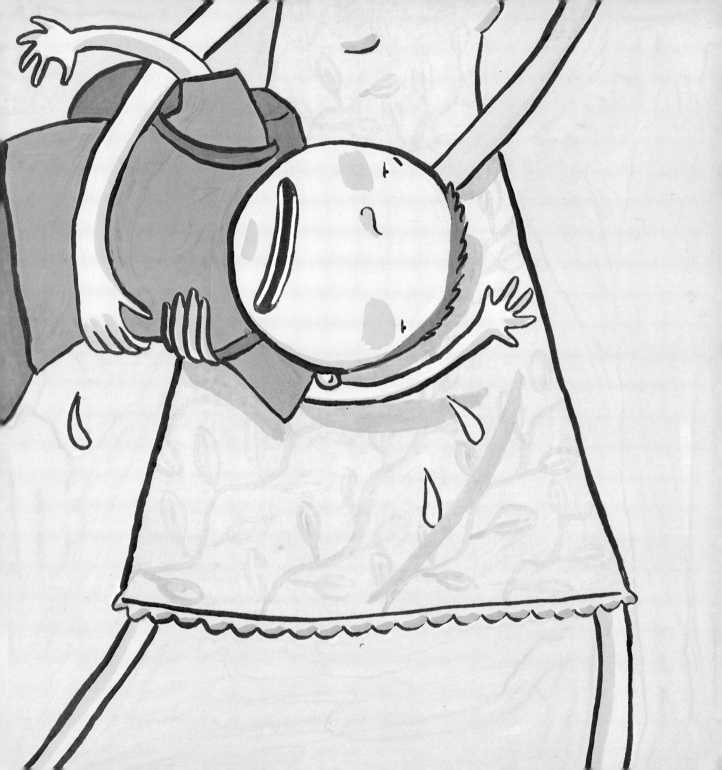

L'autobus vient de s'arrêter devant la maison. Elle y conduit son petit garçon et le force à y monter. La porte du monstre se referme. Jérémie a tellement peur qu'il tremble de tous ses membres. Il relève lentement la tête et regarde devant lui.

Le chauffeur l'observe et lui sourit. C'est
un vieux monsieur tout doux, aux cheveux gris,
l'air vraiment gentil. Il lui indique un siège
en avant, là où il a l'habitude d'asseoir les plus
petits. Il sait ce que c'est, le premier matin
d'école. Il y a bien la moitié des enfants qui
pleurent, crient et s'accrochent aux jupes de
leur maman.

— Prêt à décoller? demande-t-il avant de
mettre le véhicule en marche.

Jérémie s'efforce de sourire mais n'y parvient qu'à moitié. Est-ce que l'autobus va vraiment s'envoler? Il fait tout de même oui de la tête. Au point où il en est, une peur de plus, une peur de moins...

L'autobus se met en marche lentement. Il roule. Normalement.
Alors, petit à petit, Jérémie se détend. Et petit à petit,
l'autobus se remplit. Au sixième arrêt, le chauffeur fait
asseoir une fillette d'une dizaine d'années avec Jérémie.

— Voici Noémie, lui dit-il. Ce sera ton ange gardien
pendant l'année scolaire.

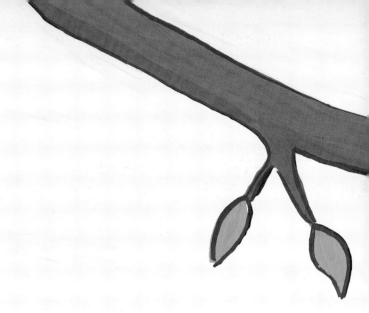

Soudain, Jérémie comprend. L'autobus scolaire et non l'autobus colère. Il éclate de rire. Et il rit! Il rit! Jérémie rit autant, quand il rit, qu'il pleure quand il pleure, et qu'il a peur quand il a peur. Jérémie n'a plus peur. Il ne pleure plus. Il rit et le chauffeur rit aussi parce qu'il sait que le pire, pour ce petit-là, est enfin passé. Le reste, ce sera du gâteau. Jérémie sera, à l'école, comme un oiseau sur la branche. Bientôt, il fera les quatre cents coups et sa mère s'arrachera les cheveux. C'est ainsi depuis des générations, mais allez donc raconter ça aux enfants. Ils vous bâilleront au nez et vous diront que c'est une histoire à dormir debout...